親愛的鼠迷朋友，
歡迎來到老鼠世界！

謝利連摩‧史提頓

Geronimo Stilton

《鼠民公報》
辦公室

謝利連摩・史提頓

菲

賴皮

班哲文

老鼠記者

運動鼠挑戰單車賽
LA CORSA PIU' PAZZA D'AMERICA!

作者：Geronimo Stilton　謝利連摩‧史提頓
譯者：王建全
責任編輯：吳金
中文版美術設計：羅益珠
封面繪圖：Giuseppe Ferrario
插圖繪畫：Danilo Barozzi, Francesco Castelli, Christian Aliprandi
內文設計：Michela Battaglin
出　　版：新雅文化事業有限公司
　　　　　香港筲箕灣耀興道3號東匯廣場9樓
　　　　　營銷部電話：(852) 2562 0161
　　　　　客戶服務部電話：(852) 2976 6559
　　　　　傳真：(852) 2597 4003
　　　　　網址：http://www.sunya.com.hk
　　　　　電郵：marketing@sunya.com.hk
發　　行：香港聯合書刊物流有限公司
　　　　　地址：香港新界大埔汀麗路36號中華商務印刷大廈3字樓
　　　　　電話：(852) 2150 2100　傳真：(852) 2407 3062
　　　　　電郵：info@suplogistics.com.hk
印　　刷：C & C Offset Printing Co., Ltd.
　　　‧　香港新界大埔汀麗路36號
版　　次：二〇一〇年十一月初版
　　　　　10 9 8 7 6 5 4 3 2 1
版權所有 ● 不准翻印
全球中文版版權由Edizioni Piemme 授予
http://www.geronimostilton.com
Based on an original idea by Elisabetta Dami.

Editorial Coordination by Lorenza Bernardi and Patrizia Puricelli.
Original Editing by Serena Bellani
Artistic coordination by Roberta Bianchi
Artistic assistance by Lara Martinelli

ISBN: 978-962-08-5263-3
©2006-Edizioni Piemme S.p.A　20145 Milano (MI), Via Tiziano, 32
International Right © Atlantyca S.p.A. Italy
Chinese Edition ©2010 Sun Ya Publications (HK) Ltd.
9/F, Eastern Central Plaza, 3 Yiu Hing Road, Shau Kei Wan, Hong Kong
Published and printed in Hong Kong

老鼠記者 Geronimo Stilton

運動鼠挑戰單車賽

謝利連摩·史提頓
Geronimo Stilton

新雅文化事業有限公司
www.sunya.com.hk

目錄

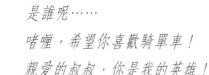

艾拿

謝利連摩的朋友

雨林鼠

單車賽總指揮

維多克

按摩師

蘭普

機械師

「致鼠民謝利連摩·史提頓」

這一天，在編輯室裏，真是又**緊張又忙碌**啊！最後，終於到了下班的時候了，在回家的路上，我已經幻想着美妙的**帕爾瑪乳酪泡浴**了。

對不起，我還沒有自我介紹呢。我叫史提頓，*謝利連摩·史提頓*。我經營着《**鼠民公報**》，老鼠島上最有名的報紙！

我剛剛説到，我已經走到家門口了，老鼠

大街8號，這時候我注意到一件不尋常的東西放在門前的擦鞋墊子上。

我很**好奇**地走過去。是一件禮物！

誰知道是誰送給我的呢？

誰？？？

誰？？？

誰？？？

我走近看看包裹上面貼着的字條：

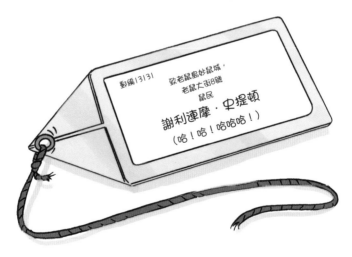

這是給我的！我看看四周，一隻老鼠也沒有。誰知道是誰送給我的呢？

我拿起包裹，走進家門。

打開包裹後，我真不知道該說什麼了：是一個單車把手！

誰知道是誰送給我的呢？

但最重要的是：我要這個東西有什麼用呢？

兩個腳踏板？！

第二天，我起得很早。

像平時一樣，我走進洗手間洗漱。

像平時一樣，我走進廚房準備早餐吃的餅乾和茶。

像平時一樣，我吹着口哨走出家門，去**鼠民公報**大樓上班，突然……我被什麼東西**絆**倒了，有老鼠在我門前的擦鞋墊子上留下了什麼東西！

我**摔倒**在地上，鬍子都壓彎了！吱吱！

　　我很費力地重新站了起來，發現自己是絆在一個包裹上面。

　　我讀着上面的字條：

郵編13131

致老鼠島妙鼠城，
老鼠大街8號
鼠民

謝利連摩·史提頓

備註：快：打開它！

　　我走回屋子裏，打開包裹：是兩個單車腳踏板！！！

　　兩個單車腳踏板 ?！

誰知道是誰送給我的呢？

但最重要的是：

我要這個東西有什麼用呢？

是誰呢……

我一邊琢磨着到底發生了什麼事，一邊朝**辦公室**走去。

還好，一天很平靜地過去了，我甚至都已經忘記收到**奇怪**禮物的事情了。

我**審查**最新一期的《鼠民公報》，**簽署**一些重要文件，為我的新書**寫**了十幾個章節……

晚上回到家，我決定享受一下平靜的夜晚。

但是，剛剛到家，我就發現了另一個貼着字條的包裹。

又是給我的！

我走進門，打開包裹，發現……一個單車**頭盔**！

誰知道是誰送給我的呢？

但最重要的是：我要這個東西有什麼用呢？

就在這個時候，門鈴響了。

「是誰在……」

啫喱，希望你喜歡騎單車！

「你⋯⋯你好，謝謝謝⋯⋯謝利連摩！見到我高興嗎？嗯？你到底高不高興啊？」

我剛剛撞上的那一陣**龍捲風**是我的朋友**艾拿***！艾拿來了，麻煩也就來了！沒錯⋯⋯我要倒霉了！

「怎麼會不高興呢⋯⋯」我猶豫地回答。

「很好，啫喱！我喜歡你的**熱情**！因為現在我要跟你說一件事，這件事就需要**很大很大很大**的熱情。啫喱，你喜歡騎單車嗎？嗯？如果你喜歡的話就舉起你的手爪臂！」

*艾拿是一個，應該說是一隻熱愛所有極限運動的老鼠。他已經拖着我去參加過撒哈拉沙漠賽跑，攀登過吉力馬扎羅山，而且還參加過世界空手道錦標賽！

「嗯，實際上是的⋯⋯我喜歡⋯⋯」

「我說了回答之前先舉起手爪臂！」

我羞羞答答地舉起手爪臂，接着說：

「⋯⋯我剛剛說，是的，我喜歡⋯⋯我有一部非常漂亮的單車，周末的時候我騎着它去鄉村郊遊⋯⋯它還帶着一個可愛的柳條車筐呢，而且⋯⋯」

「**嗒喱！！！**我說的是**賽車**，真正的單車，**真正的老鼠**騎的車！爬坡、費力、流汗⋯⋯這些東西！不是什麼郊遊！！！」

我笑着說：「艾拿，你知道，我是一隻**文化鼠**！我更喜歡安靜的生活⋯⋯」

「什麼安靜的生活啊？！反正我已經幫你報名參加**橫越美國挑戰賽**了！」

艾拿於是開始給我解釋這是一個什麼樣的比賽：在僅僅10天之內騎單車穿越美國**所有**的州！

現在我都明白了！

現在我明白把手、腳踏板、頭盔是幹什麼用的了！

現在我知道什麼東西在等着我了！

哈哈哈……

單車歷史

　　我們現在所使用的單車的雛形是1861年法國機械師厄內斯・米肖發明的**腳踏兩輪車**。這種車的腳踏板安裝在巨大的前輪上，這樣可以使行進速度加快，還能節省力氣。

　　現代單車誕生於1874年，它借助**鏈條**將動力從腳踏板傳到後輪上。幾年之後，**橡膠輪胎**的使用令單車得到了改進。於是騎單車變得舒適多了，因為在那之前，人們騎的都是木頭或者鐵輪子的單車！

　　1950年，著名單車手弗斯多・柯皮在比賽中使用的**比安奇牌賽車**已經具備了今天賽車的所有特點：窄車輪、「羊角」形把手，尤其是「變速器」，可以應付最陡峭的爬坡！

　　今天的賽車被稱為「**特種車**」。它們用非常輕的材料製成（比如碳纖維或者鈦合金），所有零件的製作都經過仔細的研究計算，力求達到最快的速度。

什麼是……
橫越美國挑戰賽？

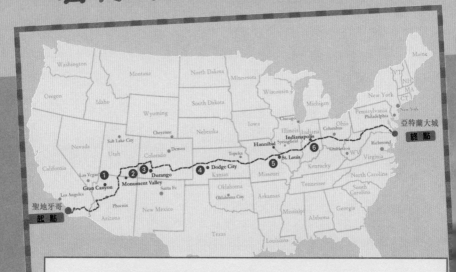

關於橫越美國挑戰賽的一些數字

橫越美國挑戰賽是全世界最刺激、距離最長的單車比賽。這是全長大約5000公里的超級馬拉松式的比賽，參賽選手要連續騎行9天，每24小時只能讓自己睡1－3個小時。

起點在美國西岸的聖地牙哥，終點在東海岸的亞特蘭大。

除了要消耗巨大的體力之外，精神的集中也是非常重要的一點。或者說，這才是比賽中最重要的。

途中大概有33公里的爬坡賽段（相當於喜馬拉雅山高度的4倍！），參賽選手要經歷加利福尼亞沙漠攝氏50度的高溫和洛磯山脈及阿帕拉契山脈的嚴寒！

① 大峽谷　② 紀念谷　③ 杜蘭哥　④ 道奇
⑤ 聖‧路易斯　⑥ 印弟安納波里斯

世界上最艱難的賽事

1) 橫越美國挑戰賽（4912公里）。

2) 1989年的旺底環球航海賽：不靠岸的環球帆船賽。
起點和終點都在法國。

3) 美國愛迪塔羅德狗拉雪橇賽：是用10－16隻狗拉雪
橇進行的比賽。比賽路線長達1851公里，用
10－17天時間從東到西穿越阿拉斯加。

4) 夏威夷鐵人三項賽：這是世界上最古老、
距離最長，也是最有聲望的三項鐵人賽事。
第一次賽事是1978年2月於夏威夷舉行。
比賽包括3.8公里游泳、180公里單車以及
42.195公里跑步。

橫越美國挑戰賽記錄

可以以個人名義或者組隊參加橫越美國挑戰賽。
選手通常每天要騎行約22小時，完成770公里的比賽路程。

- 在23年中，只有169名選手正常完成了比賽。
- 賽事記錄的保持者是皮特·潘瑟雷斯，他在1986年的時候，
  用8天9小時47分鐘的時間完成了5000公里的賽程。
- 平均計算下來，每位參賽選手每小時要消耗300卡路里的熱量
  （總共每天的消耗量是7000卡路里）。

親愛的叔叔，
你是我的英雄！

第二天，艾拿來接我，我要開始**訓練**了。

他給我帶來了專用的服裝：單車服，，襪子，還有單車鎖鞋*。我都穿起來了，但是感覺非常不舒服……

艾拿打量着我，然後笑了起來：「**哈哈哈！**怎麼樣，謝利連摩，你準備好了嗎？如果準備好了就舉起手爪臂！」

我羞答答地舉起手爪臂。

「很好，**啫喱！**我很喜歡你這種具有感染力的熱情！

---

*鎖鞋：一種特製的單車鞋，鞋上有鎖扣，在蹬踏板時能固定腳部。

「現在我們出發吧！我帶你去認識一下我們的team，也就是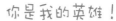，他們在比賽中會全程跟隨我們的！他們都是非常出色的老鼠，你會看到的！」

艾拿和我走到鼠民公報大樓門前。編輯室

裏的所有老鼠都在等待着我們：他們已經知道我要出發去參加**橫越美國挑戰賽**，想要給我加油鼓勁！

等待我的還有我的表弟賴皮、我的妹妹菲，還有我的小侄子班哲文！

班哲文跳到我懷裏，抱着我的脖子說：「叔叔，親愛的叔叔！艾拿已經把所有的事情跟我們說了！他說你要去**美國**參加單車賽！你是我的英雄，知道嗎？我長大了一定要像你一樣！」

我已經不知道說什麼好了，只能緊緊地抱住

我能怎麼辦呢？這個時候我不能讓他**失望**：為了他我要完成這個比賽！

我們的團隊

艾拿趁機向我介紹了將在比賽中陪同我們的隊友。

總指揮**雨林鼠**第一個發言。雨林鼠在說話的時候總會插進幾句英文……

「我們已經準備了一套完善的計劃，為了能在race（比賽）全程中，always（一直）監控你們。你們需要佩戴上這個**微型咪高風**，隨時跟營車保持聯繫。」

雨林鼠拿出一個非常小的**玩意**放在嘴邊。這個東西後面連着一根線，而線則跟一個小盒子連在一起：

雨林鼠

27

我們的團隊

陶皮尼
被稱為「漫遊者」，電視製作鼠中的一員，他們甚至會把整個比賽製成一部紀錄片送給我們！

蘭普（機械師）
他從9歲起就對單車有着濃厚的興趣。他經營着一家商店，名叫「單車精品店」。

小陶
艾拿的表妹。她是空手道世界冠軍。在《鼠民公報》工作。

老虎
第二司機。一個，應該說是一隻跟謝利連摩很像的老鼠！

「妙鼠城在心中」團隊

塔克·安德森
　　第二電視製作鼠。生於北歐，但是卻非常鍾愛墨西哥食物。

雨林鼠
　　從澳洲趕來，是總指揮。

維多克
　　按摩師。負責按摩痠痛的肌肉。他只要看你一眼就知道你有什麼問題！

鐵鼠
　　第一司機。一隻非常健壯、熱愛運動的老鼠（鐵鼠三項選手）。克蘿·科洛的未婚夫。

陶皮莎·陽光鼠和克蘿·科洛
　　她們也在鼠民公報工作。負責安排整個行程，包括每一個細節。

那是**電池**。

雨林鼠接着説：「這樣，我們就可以在你們有需要或者遇到 problem（問題）的時候，quickly（迅速）地趕過去！」

然後雨林鼠看看我，説：「順便説一句，謝利連摩，很不好意思，你要戴着這個老式的咪高風：你知道，我們『便攜式』的已經沒有了……」

雨林鼠，把一塊25公斤重的電池放在我身上！！！

可……可是……我怎帶得動這個東西啊

「可……可是……我怎麼帶得動這個東西啊？！我還要騎幾千公里的單車呢……」

艾拿拍了一下我的肩膀：

30

「**加把勁，啫喱！** 如果你高興的話就舉起手爪臂！這都是訓練！來吧！舉起 **手爪臂！**」

我羞答答地舉起手爪臂。

還沒出發呢，我已經感覺很累了！

雨林鼠繼續説：「此外，在營車裏將會有 a kind of（一種）……我們可以稱之為massage room（按摩房）的地方，我們的按摩師，維多克將會 ㉔ 小時為你們服務！」

維多克 不懷好意地笑着，肯定不會有什麼好事。

然後他對我説：「嗯……我覺得你會給我帶來不少工作。我已經看出來了，你的肌肉有些 **僵硬**。但是，不用擔心，我會讓你面貌一新的，呵

嗯嗯嗯……

呵！知道我的格言嗎？不會彎曲的東西，就容易折斷！呵呵！聽明白了嗎？！」

我開始冒冷汗了。

同時艾拿向我展示了**賽車裝備**，它們將是我未來**冒險**中的拍檔！

在單車訓練和比賽中，需要以下裝備：

頭盔

水壺

防水外套

鎖鞋

能量棒*

備用內胎

手提電話
(有備無患)

外胎撬棍

一些錢

凹頭螺絲釘
(每次出發之前都要擰緊所有的螺絲)

*能量棒：特別研製的運動營養食品，外形呈棒狀。

真是艱難的歷險啊！

這天，我們出去轉一轉，（就像艾拿所說的「就是為了活動活動手爪」。）**200公里**有 **20°！** 爬坡！

我問艾拿：「20°是什麼意思?!」

艾拿盯着我，回答說：「你看，謝利連摩，在單車比賽中，有三種爬坡。**平緩的，費力的，和非常非常費力的！** 我們可以用20°爬坡來定義……」

我沮喪地看着他，說：「讓我猜猜看……**非常非常費力的爬坡！**」

艾拿拍拍我的肩膀，差點把我拍跌在地上。

「很好，**嗜喱！**看到了嗎，跟我在一起你也開始學到東西了！如果你高興的話就舉起手爪臂！」

我當然舉起了手爪臂。我們不知道騎了多少公里。實際上到了最後，我終於知道騎了多少公里了……

10公里之後，我開始喘粗氣。

25公里之後，我手爪抽筋了。

50公里之後，我嘴巴乾了，呼吸都費勁了。

100公里之後，我的腰已經直不起來！

150公里之後，我已經是一隻**快死**鼠了！

10公里之後，　　　　25公里之後　　　　50公里之後

艾拿帶着我，在妙鼠城周圍的山上，一上　一下

我們真的經過了20°的爬坡！

我簡直不敢相信我的眼睛！！！

真是艱難的歷險啊！**吱吱！**

好像這些還不夠，當我們終於回到 **家** 門前的時候，我的鞋底與腳踏板扣在了一起，連車帶鼠一起 **重重地摔在地上，** 尾巴都壓壞了！

艾拿笑了起來，興高采烈地對我說：「知道我要對你說什麼嗎，啫喱？我可能還要出去 **跑一跑**⋯⋯如果不跑上個50公里我會睡不着覺的！」

100公里之後

150公里之後

200公里之後

如果我們把X先生換個位置……

幾天的訓練之後（非常艱苦！），終於到了出發的日子了。

艾拿、我，還有「**妙鼠城在心中**」整個 **團隊** 都已經準備好了！

我們帶着所有的 **行李** 來到妙鼠城機場。我們必須把單車拆開，放進特殊的包裹裹面：只有這樣我們才能托運它們！

Check-in（登機之前查驗 機 票 ）之後我們上了飛機。

單車易碎

不幸的是飛機裹坐滿了老鼠，我們馬上意識到我們的座位

非常**分散**。

　　但是艾拿想坐到我旁邊，因為他想跟我談談比賽戰術！

　　「啫喱，還有什麼時間比飛機上的16個小時更適合探討比賽的呢？！」

　　「艾拿，反正說不說都一樣！」

　　「不不！看着吧，我會找到**解決方法**的，那麼……」

　　艾拿開始跟所有的老鼠要求**調換**座位。但是沒有老鼠答應他。

　　於是他開始在一張紙上畫飛機的座位陣圖，開始設計各種調換方案：「如果我們把X先生換到這裏，然後再把

Y太太換到這裏，**21**號座位就會**空出來**，那我們就可以跟Z先生說，讓他跟H女士換位置……不行，不可以，因為她是和W先生一起的，那是她的兒子，所以，很明顯，不能分開……而且還有那個想要坐在窗子旁邊的……

真煩啊！」

艾拿好像把乘客當成了**棋子**在下棋！

最後，所有的乘客都開始抗議了，艾拿才安靜下來。

幾個小時的飛行之後，艾拿建議我做做**運動**，活動活動腳爪。

在飛機上活動腳爪時做的運動

頭部：按摩太陽穴

眼睛：把手爪放在眼睛上，下壓

脖子：先向右，再向左旋轉頭部

肩膀：提肩靠近耳朵

後背：彎曲上半身，頭部靠近到膝蓋

胳膊：在腦後彎曲，向下壓。

腳：先抬起腳爪尖，再抬起腳爪後跟

大腿：用雙手爪摟住膝蓋，向上抬起

上半身：先向右，再向左旋轉身體。

希望醫院

　　過了一會兒**艾拿**走到我身邊，**嚴肅**地對我說：「謝利連摩，我必須得跟你説一件事情……」

　　我很驚訝：這是艾拿第一次這麼認真地和我説話！

　　「説吧，我的朋友！」

　　「你知道……我在**希望醫院**做義工已經有一段時間了，那裏都是患了白血病的小孩子，這種病會破壞血細胞，讓孩子們無法抵禦感染。我的意思是……我想跟你説……我們為什麼不把這次比賽獻給這些孩子們呢？這就好比是幫助了他們，這些每天都與病魔搏鬥的小英雄們……我們也可以做到的，**謝利連摩！**」

　　聽完他的話，我感動極了，抱住了我的朋友。

　　「艾拿，跟你一起參加這次比賽我感到無比的自豪！我們一定能夠做到的！」

我睡不着！

飛機已經飛行了四個小時了。機艙裏的燈已經暗下來了：機組工作鼠讓我們睡覺。

我看看四周，所有的老鼠都睡着了！

艾拿也睡得很沉……準確地說，他甚至在**打呼嚕**了！

我試着看書催眠。**沒用！**

我叫空姐給我送來一杯 菊 花 茶。**沒用！**

於是我試着找一個舒服的姿勢，閉上了眼睛。

呼嚕……
呼嚕……

我試着盤腿。**沒用！**

我試着趴到前面的小桌
板上。**沒用！**

我試着抱住膝蓋，把頭埋在兩
腿之間，**沒用！**

我試着側身躺在座椅上，把腿
伸到扶手外面。**沒用！**

我試着蜷縮成一團。**沒用！**

我試着把膝蓋頂在前面的座位
後背上。**沒用，沒用，
沒用！！！**

　　行程結束的時候，我的臉憔悴極了，而
艾拿卻休息得好得不能再好了！

Welcome to San Diego!
(歡迎來到聖地牙哥！)

我們降落在**加利福尼亞**的聖地牙哥。

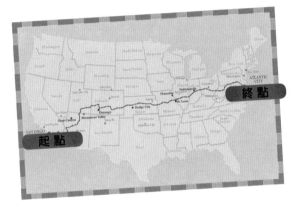

我累壞了，不僅是因為我一直沒有合眼，同時也因為**時差**原因。實際上，當地的鐘錶顯示是早上9點鐘，而妙鼠城這個時候是**半夜！**

剛剛到達酒店，我們的機械師**蘭普**就開始動手重新組裝我們的**單車**（為了乘飛機，我們在出發的時候把單車**拆成**了好幾個部分

加利福尼亞——聖地牙哥

加利福尼亞是美國面積第三大的州，次於阿拉斯加和德克薩斯，同時也是人口最多的一個州。洛杉磯和三藩市是加利福尼亞最主要的兩個城市。而荷里活則是以電影產業聞名於世！你們可以想像一下，第一部電影就是1911年在這個城市拍攝完成的。

聖地牙哥是西班牙征服者在墨西哥邊境建立起來的一座城市。順着它的沿海公路——英巴卡迪諾，可以到達航海博物館，那裏保存着三艘歷史上著名的海船，其中就包括印度之星（1863年），它曾經在世界上所有的海洋裏航行過。

聖地牙哥市中心有一座巴爾博亞公園。這是一個非常大、非常美麗的綠色公園，建於1868年，裏面有博物館、植物園、演出用的空地，還有一片動物生活的區域，那裏居住着4000多種動物。

放在特殊的行李包裹）。

我想趁這個時候到我的房間裏**偷懶**休息一會兒，但是……

《謝利連摩！你要去哪兒？！》

艾拿用一隻胳膊**攔住**了電梯門。

我結結巴巴地說：「這個，我……我想我可以……」

「……你想你可以用一次良好的訓練來開始這美好的一天！說實話！非常好，謝利連摩！我在你的**眼中**看到了激情燃燒的**火花！**那麼來吧，來吧，來吧！我們去聖地牙哥的海灣好好跑上幾圈！」

我拖着疲憊的身體，去房間換了衣服。5分鐘之後，我們已經在海邊**跑步**了。

啊！加利福尼亞！她的海灘，她的

沖浪愛好者們！她的色彩，她的芳香！

我注意到有很多老鼠都在跑步。

我的疲勞很快就消失了。艾拿說的真的很有道理！我**一蹦一跳**地向前跑，陶醉於身邊的美景之中。

突然我聽到艾拿衝着我喊：

「……**連摩**……**小心**……**杆**！！」

我笑着轉過頭，喊道：「你説什……」

噹！！！

我撞在電線杆上了！

你們一定就是「妙鼠城在心中」的成員！

天<ruby>剛亮</ruby>的時候，艾拿、我，還有隊伍所有的成員，都趕到了**美國漫遊公司**，我們要在那裏租一輛野營車，跟隨比賽全程。

米奇站在門口迎接我們，他是一隻總是戴着耳機的老鼠！

「你們一定就是『妙鼠城在心中』的成員！來，來，給你們的是最後一輛野營車！進來，我要跟你們簽一張租用合約！」

米奇把我們帶進了辦公室。

米奇

野營車的構成！

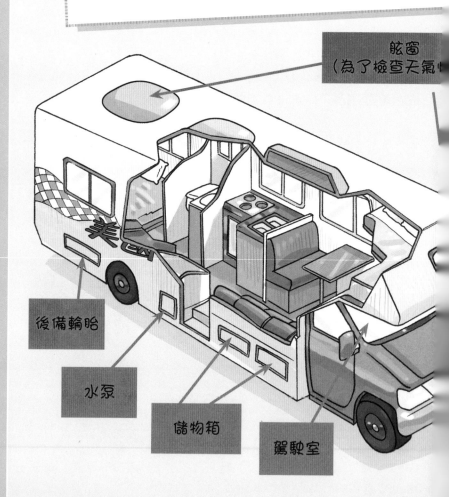

舷窗
（為了檢查天氣⋯

後備輪胎

水泵

儲物箱

駕駛室

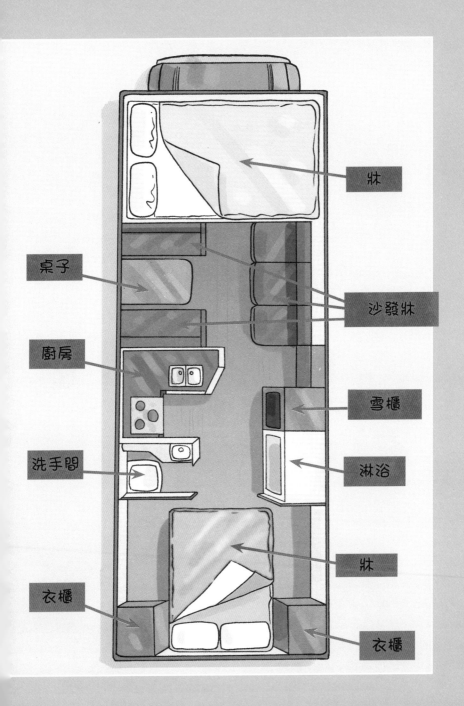

牀

桌子

沙發牀

廚房

雪櫃

洗手間

淋浴

衣櫃

牀

衣櫃

這是一個**很髒**、**很亂**的地方，地上鋪着同樣髒的**地毯**！

簽好合約之後，他給我們展示了野營車。車子很大，但裏面也很髒很亂！

小陶看看四周，然後説：

「好吧，拍檔們！我們的汗水可以**擦亮**一切！來吧！大家都忙起來吧！」

我們都開始忙碌起來。擦**洗**地板，**撣**去牀墊和枕頭上的灰塵，給整輛車子**通風**。之後我們又去買了旅行所必備的東西。

在一天快結束的時候，野營車已經面貌一新，我們可以出發去參加那神秘的橫越美國的挑戰賽了！

3‧‧‧‧‧‧2‧‧‧‧‧‧1‧‧‧‧‧‧
出發！！！

比賽的日子終於到了！

那天早上，我們都起得很早，做最後的準備工作。

我們把所有的行李裝上**野營車**，然後趕往選手集合地。

氣氛**熱烈**極了。在這**5000公里**神秘旅程開始之前，每個隊伍都在最後認真地檢

查着各個細節！

　　有的老鼠在把隊伍名稱貼在野營車上（這些都是由賽會組織鼠提供的，而且是**必須**做的，這樣可以讓裁判在比賽過程中辨識各個隊伍。），有的老鼠在地圖上標示路線，還有的老鼠在最後調試自己的單車……

　　我們也忙得不可開交。**艾旱**、我，還有機械師**蘭普**，負責把單車調節到最完美狀態：給車胎**打氣**，給車鏈條上**潤滑油**，**扭緊**車把上的所有螺絲，**調節**車座位置。

然後維多克把我們叫到野營車裏，給我們做**放鬆**按摩。嗯⋯⋯放鬆⋯⋯他是這麼説的！

艾拿也放鬆了一下肌肉。

過了一會兒，高音喇叭叫我們到出發地點集合。

關鍵時刻終於到了！我們戴好**頭盔**，蹬上了各自的單車。

我們制定的戰術是我**首先**出發：實際上比賽的第一賽段難度並不大。

我們在出發地點排好隊。

艾拿拍了一下我的肩膀（……我差一點就從單車上滾下來了！）。

「**好了，我們要開始了，咭喱！**記住了，騎車的時候要放鬆，要快速，就好像鑽進牛油裏的蟑螂一樣。不要分神。但最重要的是：節奏！」

我激動得喉嚨都乾了！

就在這個時候，高音喇叭裏傳來一把聲音，讓我們上車。

「準備好了嗎？那麼……3……2……1……

出發！！！」

亞利桑那怎麽這麽熱啊？！

真是激動啊！我開始蹬腳踏，對手們像**箭一樣**從我身邊飛過。這裏有來自世界各地的老鼠，其中還有很多女鼠！

我們一邊騎車，一邊互相微笑，互相祝福對方「好運」。

當**體育**比賽中充滿了友情和勇氣的時候，是多麽美好的事情啊！

我想，之後的幾天裏，相同的*命運*會把我們連在一起。

同樣的**勞累**和同樣的**激動**會讓我們的心以同樣的節奏跳動。這太美妙了！

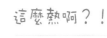

我感覺非常好：我通過正確的訓練方式（在我的朋友艾拿，以及經驗豐富的整個團隊的幫助之下），在出發之前了一碗香噴噴的、██████化合物的白米飯，身邊的景色也讓我讚歎不已！

孤單的感覺，獨自面對比賽的恐懼，這些都和參加環美單車比賽的激動心情交織在一起！

我馬上找到了自己的節奏，就像艾拿告訴我的那樣。

我們進入了神秘的66號公路，全美國最著名的一條公路。

我已經騎行了差不多100公里了。

過一會兒艾拿會接替我。我們決定每

3—4個小時**換一次班。**

我的大腿開始疼了，天也開始 ■ 了。

景色也開始變為沙漠：亞利桑那沙漠。

我感覺非常炎熱，心想：

亞利桑那怎麼這麼熱喲？！

勞累的感覺（因為肌肉痠痛）和平靜的感覺（因為這美妙的景色）混合在一起，同時伴隨着我劇烈的心跳。

66號公路

66號公路是全美國最重要的一條公路，建於1926年。它被稱為「母親之路」，起點在芝加哥中部，終點位於加利福尼亞的南部沙漠。它經過美國8個州，長度超過2000英里，相當於3300多公里。它就是傑克·凱魯亞克在他著名的小說《在路上》所描寫的那條路。

加把勁啫喱，
我來接替你！

　　我開始感覺**飢餓**了，於是我讓**雨林鼠**和**蘭普**遞給我幾片小麵包（他們開着後援車跟在我身後）。

　　「嘿，謝利連摩，is everything ok?（一切都還好嗎？）」看到我很累的樣子，雨林鼠問我。

　　我猶豫地回答：「是的……還可以……就是有一點……**疲勞！**」

　　一陣**很強**很熱**的風**吹了起來。

　　溫度是45度，而且是深夜！

　　我遇到了第一個危機，因為我錯誤地喝了冰水，而沒有喝熱的東西。

其實維多克已經叮囑過我要喝 ：（在高溫環境下喝熱的飲料更好！），但是我忘記了！由於口渴，我**抓**起了裝着**冰水**的水壺！

結果就是，可怕的炎熱撲**面而來**！

我的嘴唇都乾了，我已經完全脫水了，還發起了**高燒**！

吱吱！我感覺真是糟糕極了！

後援車開到我身邊。

「加油，謝利連摩。現在艾拿要**接替**你了。」

就在這個時候，隊伍的其他成員坐着野營車也趕過來了。

艾拿從車上精神煥發、**興高采烈**地走了下來。

「加把勁，啫喱，我來接替你！」

但是當他像平時那樣拍拍我的肩膀，接替我的時候，**我卻倒在地上暈過去了**。

我醒來時已經在野營車上了，維多克從上方注視着我。

「謝利連摩！別跟我說你喝了水而沒有喝茶？！**別跟我說這個！求你了，別說！**」

我感到羞愧極了。我真不知道該怎麼回

答。就好像回到了小時候，做**惡作劇**被抓後大家都責備我一樣。可是我並不是故意的！！！我忘記了：我不應該喝冰水！

維多克嚴屬地看着我：「謝利連摩，這可不是個遊戲！艾拿現在接替了你，他已經連續**騎了12個小時**，這都是你的過錯！」

我瞪大眼睛：「十……十……十二個小時？！**我暈倒多久了？**」

「正好十二個小時！艾拿為了讓你好好休息，決定自己騎，不用你接替，因為你身體不適。就是他叮囑我們不要叫醒你的！」

我又一次感覺很糟……但這次是在**心裏！**我**辜負**了我最好的朋友！由於我的過錯他已經辛苦了十二個小時！我必須做點什麼！

加把勁啫喱， 我來接替你！

艾拿在
4 個小時之後

艾拿在
8 個小時之後

艾拿在
12個小時之後

為了幫助艾拿，我必須馬上振作起來！

我堅定地看着維多克：「求你了，讓我好起來！」

維多克笑了。

「好，謝利連摩！我就知道你是一個，應該說是一隻**堅強鼠**！現在我給你做一次舒服的按摩，讓你重新振奮起來！一會兒騎車的時候你會精力充沛的，你會感覺到的！」

我必須做點什麼！

現在輪到我了！

維多克說的真的很有道理！他剛剛給我**按摩**完，我馬上就感覺好多了。

我走到正在駕駛野營車的鐵鼠身邊，對他說：「示意大家，準備停車。我必須**接替**一位朋友！」

鐵鼠**笑**着對我說：「遵命，謝利連摩！」

我戴上頭盔，當車子在路邊停下來之後，我走下野營車。

艾拿停在幾米遠的地方喝水。他轉頭看着我，笑了，但那是疲倦的笑容。

「**唁喱！**很高興看到你恢復精神了！」

我走過去抱住他。

「謝謝，我的朋友！你真的非常慷慨無私！現在輪到我了！」

「如果你需要休息的話，起你的手爪臂！」

我對他**擠擠眼睛**，拍了拍他的肩膀，就像他經常對我做的那樣。

我**跳**上車子，箭一樣衝了出去，後援車跟在我的身後。

大峽谷！

我感覺好多了！騎了好幾公里，又是好幾公里。

我們到達了大峽谷！

理論上艾拿這個時候該接替我了，但是我轉頭對着後援車，跟雨林鼠說：「**我繼續騎！**讓艾拿再休息一會兒！」

這裏爬坡路很多，但是景色美得難以置信。看着美景，你會忘記身上的疲勞。

這個峽谷美妙絕倫，而且**非常深**（我記得讀過一本書，上面說它的深度甚至達到**1500米！**），這是幾千年來**冰凍**、**雨水**、**強風**侵蝕的結果。

我們正在經歷的歷險是多麼美妙啊！當然了，也很辛苦……但這絕對是欣賞這些美景的惟一機會！

我非常感激艾拿：不懂是因為他把我帶到了這裏，而且，沒有他我肯定無法完成這些爬坡路段！

當我正在思考這些問題的時候，我注意到一輛停在路邊的**野營車**。是**瑞士**參賽隊！

大峽谷位於亞利桑那州。它被認為是世界奇跡之一。這是岩石的一條巨大縫隙，長349公里，寬度從6公里到29公里不等，高度甚至超過1500米！

峽谷深度的形成是由於誕生於四百萬年前的科羅拉多河水的流淌，以及六百萬年來河水對岩石的各種侵蝕。峽谷面積的巨大則是由於大風對岩石的侵蝕作用，尤其是冬季冰川擴大，使峽谷岩壁擴展。

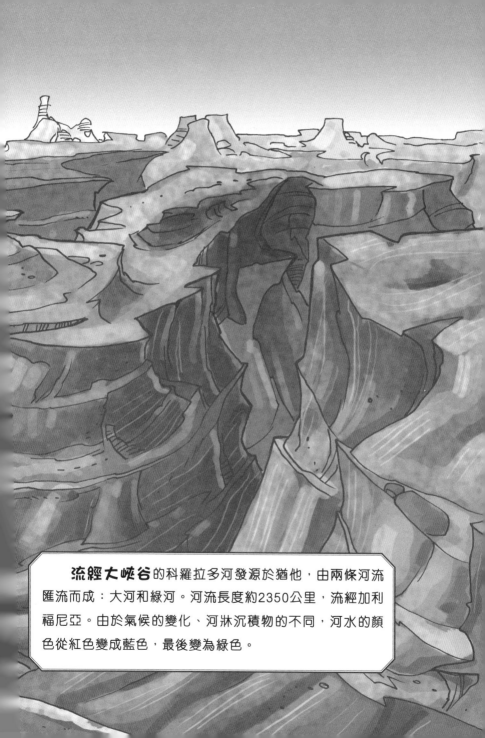

流經大峽谷的科羅拉多河發源於猶他,由兩條河流匯流而成:大河和綠河。河流長度約2350公里,流經加利福尼亞。由於氣候的變化、河牀沉積物的不同,河水的顏色從紅色變成藍色,最後變為綠色。

陶皮沙

維多克

蘭普

雨林鼠

小陶

鐵鼠

老虎

克蘿·科洛

　　我和我的團隊馬上停了下來，幫助他們。

　　「出什麼事了？」

　　「我們野營車的一個輪胎被**戳**破了！如果我們不馬上更換的話，恐怕要耽誤很多時間，我們可能就要退出比賽了！」

　　我轉身看着艾拿和整個團隊，他們也從車上下來了。我第一次注意到他們是多麼的**疲勞**！

　　是啊，我和艾拿可以互相替換，一個騎車的時候另一個可以睡一會兒。而他們卻一直不能休息！一直要負責後援工作！

78

「**來吧！**我們必須幫助他們更換輪胎！」

「**好！！！**如果馬上行動的話就能早點弄好！」

「**快！快行動吧！**」

他們的熱情讓我很感動！

不一會兒，瑞士參賽隊的車子就已經準備好出發了！所有的老鼠都眼含熱淚感謝我們。

「謝謝！沒有你們我們一定來不及了！」

我們跟他們告別，同時也準備進行替換。

艾拿的精神又重新恢復了！

「加油！拍檔們，我感覺體力充沛充沛充沛！接下來的幾公里，我會騎着車子飛一樣完成的！**出發！！！**」

話音剛落，艾拿已經衝出一公里遠了！-----------

就好像在西部電影裏一樣！

　　我一邊吃東西，一邊望着車窗外，我發覺我們已經到達紀念谷了！

　　紅色的**岩石**在西斜夕陽的光輝下閃着光。真美啊！

　　就好像在**西部**電影裏一樣！

　　我們用咪高風跟**艾拿**聯繫，看看他是不是一切順利。

　　「大家好！這兒的風很大！即使是下坡路，我的時速也達不到24公里！**真累啊**！但是，你們看，這是多麼壯麗的景色啊！你們看，多麼**色彩繽紛**啊！

大自然，感謝你的存在！！！」

亞利桑那

紀念谷

幾百萬年前，這一片地區是被稱為「梅薩山斯」的巨大高（西班牙語中的意思是「桌子」），也就是高大的山丘，頂部平

得如同桌面一樣。公園方圓850平方公里的面積內，還有經過漫長歷史時期內形成的其他形狀特異的岩石。比如──

「風之耳」：如果仔細聽的話，可以聽到風穿過石洞的聲音！

「太陽之眼」：在一天的某個時侯，可以看到太陽好位於洞的正中心位置。它作用類似一塊「自然鐘錶」

隨着時間的流逝，雨雪的侵蝕塑造了很多非常高聳的被稱為「孤丘」的山峯。最著名的是「三姐妹」，它已經成為眾多西部影片的取景地！

說到西部電影⋯⋯最著名的西部電影都是在這裏拍攝的！**約翰・福特**無疑是此類電影最重要的導演了。

以下就是他的幾部著名作品：
1929年，大挑戰
1939年，驛馬車
1946年，俠骨柔情
1947年，要塞風雲
1950年，邊疆鐵騎軍
1952年，蓬門今始為君開
1956年，搜索者
1959年，魔鬼騎兵團
1962年，雙虎屠龍
1962年，西部開拓史

同時，兩位電視製作鼠陶皮尼和塔克拍攝下了這壯美的景色。

儘管騎車很費力氣，但是艾拿還在繼續説着！他甚至講起了笑話！

「拍檔們，來聽聽這個吧：一個非常熱愛運動的傢伙（就像我！）找到他一個性格很安靜的朋友（就像你，嗜喱！哈哈哈！），然後對他説：『你想跟我一起參加馬拉松比賽嗎？』『什麼是馬拉松？』另一個回答説。於是第一隻老鼠就具體地解釋：『我們要經過42公里195米的距離……』那個性格安靜的朋友

回答道：『好吧，但是你來開車吧，因為我很累！』。哈哈哈哈哈！」

我們能怎麼辦呢？艾拿就是這樣一隻老鼠！

從50度到5度！

　　艾拿完成了他的賽程，現在又輪到我了。
就在這個時候，山路賽段開始了：我們已經跨
越了**科羅拉多州**的邊界！

科羅拉多州

「科羅拉多」這個名字來自於16世紀的西班牙探險者，用來指那些環繞在洛磯山脈周圍的紅色岩石。它是美國山區最多的一個州，有54座海拔超過4200米的山峯！

科羅拉多紀念谷。這是一個佔地8300公頃的國家公園。它是一個高海拔的沙漠，是2億2千5百萬年前風蝕的結果。奇蹟石是世界上最大的不平衡的岩石！

50度

氣溫從沙漠中的 **50度**一下子降到了 **5度！** 體力消耗翻了一倍！什麼翻一倍？ **翻兩倍！！** 什麼翻兩倍啊？**三倍！！！**

實際上科羅拉多山區的爬坡路段也有**60公里**！

天氣從晴朗一下子就轉為陰天了！

5度！

就在我騎車的時候，在艱難地爬這些山路的時候……

嘶嘶 嘶 嘶嘶 嘶嘶 嘶嘶嘶！

車子的內輪胎扎破了！！！

去吧，謝利連摩！

蘭普馬上跳下後援車，一眨眼的功夫就把我的單車弄好了！

如何更換單車內輪胎

1 把壞輪胎的那個車輪從單車架上卸下來。

2 用撬棍把外輪胎從車輪上卸下來，把扎壞的內輪胎置於小籃子中。

3 拿來新的內輪胎，用打氣筒向裏面打入少量的氣，然後塞到外輪胎裏面。

4 用撬棍把外輪胎的邊緣部分置入車輪。

5 用打氣筒將內輪胎的氣打足。然後把車輪重新安裝到車架上！

這時候需要一個笑話！！！

過了一會兒，我們到達了小城**杜朗格**，它座落在一個長滿了松柏的山區裏面。

當我騎車穿越小城的時候，一輛貨真價實的<u>蒸汽火車</u>從身邊開過！

我和艾拿又一次交換，我們朝着堪薩斯州進發。我們已經走了將近一半路程了！

聽上去似乎不可思議，但是我們確實已經

這時候需要 一個笑話！！！

騎行了將近2000公里的路程！我們越騎，信心越足，但是，大家都非常的疲勞！尤其是團隊成員，他們的精神非常低迷。

於是我決定做一件幾天前艾拿做過的事。也就是我的爺爺，偉大的**馬克斯·坦克鼠**，經常教給我的：講**笑話**來振奮精神！

爺爺把這些笑話說給年幼的我和妹妹**菲**聽的場景仍然歷歷在目：「你們要一直記住這句話：當你們感到情緒

低落的時候，最好的解藥就是……笑！笑的秘訣就是在講一個好的笑話！」

笑話角

一隻很笨的家鼠對他的一個朋友說：「你喜歡我的新的單車嗎？想想看，惟一不會發出噪音的部分……就只有車鈴而已！」

一位解說員興奮地對聽眾宣布說：「難以置信！『頭皮屑』選手一下子跳到了隊伍的頭上！他得了第一名！」

哈！哈！哈哈！

哈！

單車選手比賽的最高境界是什麼？在爬坡路段浪費了幾分鐘，然後再退回去把這幾分鐘追回來！

哈！

哈！

哈！

哈！

「為什麼你騎車的時候在把手上掛着一扇門？」
「因為鈴壞了，我得敲門！」

哈！

哈！

為什麼單車比賽的冠軍都很平靜？因為他們習慣疏遠大部隊。

為什麼大象不能騎單車？因為牠們沒有手指頭按車鈴！

兩隻很笨的家鼠騎單車兜風。突然，其中一隻跳下車，開始給後輪胎放氣。
「你為什麼要這麼做？」
「因為單車太高了……」
於是另一隻老鼠把車把朝反方向轉過去。
「你又在幹什麼？」第一隻老鼠問。
「我不跟你在一起了，我要回去！」

哈！哈！

單車選手哪一部分肌肉最發達？二頭肌。

哈！哈！哈哈！

我們都哈哈大笑起來！

眼淚都笑出來了！

野營車的司機老虎也笑得前俯後仰！

在此起彼伏的笑聲中，我們到達了小城

道奇城，遙遠西部真正的中心！

艾拿已經騎了好幾個小時了，過一會兒就**輪到我了！**

道奇城

遙遠西部的城市，1872年到1884年期間非常有名。

最著名的警長懷特・厄普（1848-1929）就生於道奇城。無數罪犯落入他的手爪中，被送入監牢！

今天整個道奇城已經重建，真實地反映出當時的面貌。

爬坡一個接着一個……

晚上騎車的好處就是你有很多時間可以思考，或者，可以更從容地觀賞景色。

看着身邊不斷變化的風景，我戰勝了這麼長時間的騎行所帶來的疲勞（多少天，多少夜……）。

但是實際上我並不是一隻孤單的老鼠……

就在這個時候，聯通野營車的咪高風響起來了。

「**嘿，啫喱！**怎麼樣？如果你累了就舉起你的手爪臂！**哈哈哈哈！**」

我笑了，從車把上抬起一隻手爪。

艾拿嚴肅地對我說：「你知道我在想什麼嗎，謝利連摩？爬坡一個接著一個！我想到了那些被病魔折磨的孩子們每天要**面對**的，還有我們現在正在面對的一切。所有的這些辛苦對於我們來說似乎無法承受。但是，如果那些孩子們每天都能夠堅持下來，我們也一樣可以的，是嗎，謝利連摩？」

這就是艾拿！也就是因為這樣他才是我的好朋友，

我才愛他！！！

新雅畫迷會 📖 參加
Sun Ya 📖 book Club 表格

成為會員可享多項 精選優惠，其中包括

- 到指定門市及書展可獲購書優惠
- 參加有趣益智的書迷活動
- 最新優惠及活動資訊
- 收到會訊《新雅家庭

★請填妥此表格並郵寄至新雅文化事業有限公司市場部（地址載於背頁

姓名：＿＿＿＿＿＿＿＿＿＿＿＿＿＿　性別：＿＿

出生日期：＿＿＿年＿＿＿月＿＿＿日　年齡：＿

日間聯絡電話：＿＿＿＿＿＿＿　傳真：＿＿＿＿

學校：＿＿＿＿＿＿＿＿＿＿＿＿＿＿＿＿＿

電郵：＿＿＿＿＿＿＿＿＿＿＿＿＿＿＿＿

職業：□ 學生　□ 家長　□ 教師　□ 其他＿＿＿＿

教育程度：□ 小學以下　□ 小學(＿年級)　□ 中學(F.
　　　　　□ 大專　□ 其他＿＿＿＿＿＿＿＿

從哪本書獲得此書迷會表格：＿＿＿＿＿＿＿＿

地址(必須以**英文**填寫)：＿＿＿Room(室)　＿＿Floo

＿＿＿Block(座)＿＿＿＿＿＿＿＿＿Building(

＿＿＿＿＿＿＿＿＿＿＿＿＿＿Estate(屋邨/

＿＿＿Street No.(街號)＿＿＿＿＿＿＿＿Street(

＿＿＿＿District(區域)HK/KLN/NT* (*請刪去不適

以上會員資料只作為本公司記錄、推廣及聯絡之用途，一切資料絕

騎啊！騎啊！騎啊！

就在艾拿準備接替我的時候，雨林鼠非常**興奮**地跑過來。

「嘿，guys！（拍檔們），我從賽會組織那裏得到消息，在我們面前只有一個**隊伍**了。距離我們大概100公里。這就意味着……

我們能贏！！！」

艾拿和我很驚訝地看着對方。

沒有時間可以浪費了！

從那時開始，艾拿和我變成了兩部騎車的機器！

為了保存體力，我們現在已經是每兩個小時就交替一次了。

密西西比州

我們飛一樣**經過**最後幾個州。我們從密西西比到聖·路易斯城，看到那裏**高聳**的鋼鐵拱門。你們想想看，它的高度足有

*192米*啊！

然後我們繼續騎行，到達了印第安納波里斯，那裏有著名的賽道。

你們想一下，從遙遠的1911年開始，就在這裏舉行

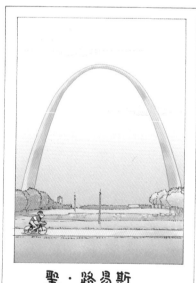

聖·路易斯

各種賽車比賽，世界上最偉大、**最強勁**的賽車手都來參賽！

我們穿過了印第安納波里斯，到了**大平原**地區之後，騎得更快了。

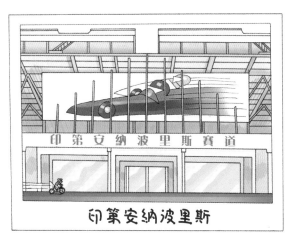

印第安納波里斯

大平原

這裏的景色真的非常單調，但是也因為這樣，我們就能夠把精力集中在我們的節奏上。

騎啊！騎啊！騎啊！騎啊！騎啊！騎啊！騎啊！騎啊！騎啊！騎啊！騎啊！騎啊！

我們下定決心要**趕上**前面的對手。

實際上，我們之間的距離已經漸漸地拉近了……越來越近了。現在距離美國東海岸城市、比賽的終點**亞特蘭大城**已經只有幾公里遠了！

可就在我們看到標有　**亞特蘭大城20**　的指示牌的時候（意思是距離那裏只有20英里*了），卻發生了一件**非常糟糕**的、出乎意料的事情！

怎麼說是非常糟糕呢？！

簡直是糟糕透頂！！

怎麼說是糟糕透頂呢？！

簡直是一場災難！！！

*一英里相當於1.61公里。

雨林鼠和蘭普所在的**後援車**走錯了方向，而我卻沒有注意到（那個時候正好是輪到我在騎）！

按照規定，他們要跟我一直到亞特蘭大城，否則就要取消參賽隊伍的比賽資格！！！

謝利連摩⋯⋯

FINISH

驚心動魄地抵達終點！

當我發覺這一點的時候，我臉都白了。

我該怎麼做？ 怎麼做？ 怎麼做？ 怎麼做？

怎麼做？怎麼做？怎麼做？

我沒有想太多便掉轉方向，開始 飛快地跑

一分鐘也不間歇。

我決定要找到我們隊伍的後援車！

我騎得非常快，越來越快！我已經感覺不到自己的腳爪了，它們完全是自己在動！

我經過我的團隊，他們停在那裏給我加油：「**加油，謝利連摩！再快一點！！！**」

我終於看到了地平線上一個小點正朝我而來：我們的後援車！蘭普和雨林鼠就在車上！

「Go！謝利連摩，go！（衝啊！）」雨林鼠從車窗探出頭衝我喊着。

我把車子調轉方向，繼續以相同的速度騎，但是……朝着 相反的方向。

朝着終點！

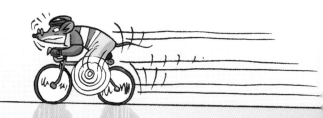

我嗓子**乾**了，手爪累得**痠痛**，汗水流進了眼睛！

但是……終點，就在那！終點的頒獎台，就在那裏！所有的老鼠都在吶喊助威！我們的對手就要到達**終點線**了！

我試着加速，但是車輪卻絆到了一塊石頭……

吱吱！！

我……**飛起來了**！！！

這就是接下來發生的事情……

這就是接下來發生的事情……

由於這塊石頭我來了一個超級**飛躍**，從對手頭頂超越了他。

我直接**撞**在寫着「FINISH」的布條上，也就是終點線上！但是奇怪的是我是「飛着」超過對手的……無論如何，我第一個到達了終點！**我們贏了！！！**

整個團隊，還有艾拿都跑過來抱住了我。

「萬歲！我們做到了！」

艾拿對我擠擠眼睛：「咭喱，我跟你説過第一個到達的訣竅就是要比第一再提前一秒

鐘，但我沒想到你真的是一字不差地做到了！**哈哈哈哈！**如果你一直聽從我的建議，那你真有成為一隻真正探險鼠的危險！**哈哈哈哈！**」

我們互相**擁抱**。但這次勝利是屬於大家的，並不僅僅屬於騎車比賽的選手。功勞是屬於整個團隊的，是他們在整個比賽中支持着我們。

正是因為這樣，當他們給我和艾拿**領獎**的時候，我把整個團隊都叫上了領獎台：小

陶，克蘿·科洛，雨林鼠，維多克，鐵鼠，老虎，塔克·安德森，陶皮尼，陶皮莎，蘭普！

他們都滿懷勇氣！是真正的英雄

沒錯，因為區分真正的英雄並不是看他肌肉多麼發達，**而是看他內心的力量有多強大！**

回家了！

我們上了飛機。終於動身返回妙鼠城了。

在經歷這次不可思議的比賽之後，我們終於可以休息一下了。

我所有的朋友們都睡着了。

我也在打瞌睡，但是……

「**喂！喂！嘿，啫喱！**如果你在睡覺的話就舉起你的手爪臂！」

喂！喂！

我很**不滿**地轉過頭：「艾拿，你跟我說說，我要是**真的睡着了**，還怎麼舉起手爪臂？！」

「很好，喏喱！很聰明！看得出來你已經在生活中 [學] 到了不少東西，嗯！」

我試着重新睡覺。

「喂！喂！嘿，喏喱，睡着了？」

我眼睛看着上面。

「沒有，艾拿！就是你沒法讓我睡着！」

「我？！我可是不睡覺在看護着你啊！睡吧，謝利連摩。*我會看着你的！*」

「那麼，艾拿，我希望你不要看得太緊就好了！」

我再一次想要睡覺。

「喂！喂！嘿，喏喱，睡着了？」

這一次我憤怒了：**「沒有，我沒睡着！你沒法讓我睡着！！！」**

飛機上的乘客都抱怨起來。

「安靜！」

「真沒禮貌！」

「行了！」

我感覺非常**羞愧**。

艾拿又靠近了一些。

「既然你沒有睡覺，啫喱，我在想……我們來組織下一次**冒險**吧，你覺

得怎麼樣？嗯？來一次**山地車**環巴塔哥尼亞旅遊怎麼樣？或者恐龍谷**徒步**穿越？或者北極**賽跑？**

嗯？你覺得怎麼樣？」

「我覺得光是聽你說我就已經累了，艾拿！晚安！」

113

真正的英雄！

萬歲，表哥！

真了不起！

親愛的叔叔！

我們回到了妙鼠城。

我的全家都在機場等我。整個妙鼠城都在歡迎我們回來。

真是激動啊！

班哲文跳到我的脖子上：

「親愛的叔叔，我就知道你一定得的！

我愛你！」

我親吻了他的鬍子尖，緊緊地抱住了他。

之後我和艾拿去了**希望醫院**：所有

真正的 ♥ 英雄！

患病的孩子都在那裏等待着我們，我們的勝利
就是獻給他們的。

他們就像迎接英雄一樣歡迎我們。但是，
實際上，真正的英雄，是他們！

因此，艾拿和我決定把我們獲勝的獎盃贈
送給勇敢的小朋友們。

因為正是他們表現出了最大的勇氣：面
對生命的勇氣！

儘管患有疾病，但是他們卻找到了力量，
讓自己一直開心，一直充滿夢想。

儘管患有疾病，但是他們卻從來沒有被
厄運打敗。

儘管患有疾病，但是他們讓每一天都成為
全新的一天，充滿機會的一天。

　　看着這些孩子們的笑臉，我想起了諾貝爾和平獎獲得者德蘭修女（1910-1997）的**生命之歌**。

　　你們也讀一讀這些美妙的文字吧：它可以給你的內心增添力量！

　　你們的*謝利連摩・史提頓*保證！

生命讚美詩

（德蘭修女，諾貝爾和平獎獲得者，1910-1997）

生命是機遇，抓住她。
生命是美麗，欣賞她。
生命是幸福，感受她。
生命是夢想，實現她。
生命是挑戰，面對她。
生命是義務，完成她。
生命是比賽，參加她。
生命是珍寶，愛惜她。
生命是財富，利用她。
生命是真愛，體會她。
生命是神秘，發掘她。
生命是誓言，信守她。
生命是悲傷，克服她。
生命是頌歌，歌唱她。
生命是戰鬥，接受她。
生命是冒險，經歷她。
生命是生命，保護她！

妙鼠城

1. 工業區
2. 乳酪工廠
3. 機場
4. 電視廣播塔
5. 乳酪市場
6. 魚市場
7. 市政廳
8. 古堡
9. 妙鼠岬
10. 火車站
11. 商業中心
12. 戲院
13. 健身中心
14. 音樂廳
15. 唱歌石廣場
16. 劇場
17. 大酒店
18. 醫院
19. 植物公園
20. 跛腳跳蚤雜貨店
21. 停車場
22. 現代藝術博物館
23. 大學
24. 《老鼠日報》大樓
25. 《鼠民公報》大樓
26. 賴皮的家
27. 時裝區
28. 餐館
29. 環境保護中心
30. 海事處
31. 圓形競技場
32. 高爾夫球場
33. 游泳池
34. 網球場
35. 遊樂場
36. 謝利連摩的家
37. 古玩區
38. 書店
39. 船塢
40. 菲的家
41. 避風塘
42. 燈塔
43. 自由鼠像
44. 史奎克的辦公室

老鼠島

1. 大冰湖
2. 毛結冰山
3. 滑溜溜冰川
4. 鼠皮疙瘩山
5. 鼠基斯坦
6. 鼠坦尼亞
7. 吸血鬼山
8. 鐵板鼠火山
9. 硫磺湖
10. 貓止步關
11. 醉酒峯
12. 黑森林
13. 吸血鬼谷
14. 發冷山
15. 黑影關
16. 吝嗇鼠城堡
17. 自然保護公園
18. 拉斯鼠維加斯海岸
19. 化石森林
20. 小鼠湖
21. 中鼠湖
22. 大鼠湖
23. 諾比奧拉乳酪峯
24. 肯尼貓城堡
25. 巨杉山谷
26. 梵提娜乳酪泉
27. 硫磺沼澤
28. 間歇泉
29. 田鼠谷
30. 瘋鼠谷
31. 蚊子沼澤
32. 史卓奇諾乳酪城堡
33. 鼠哈拉沙漠
34. 喘氣駱駝綠洲
35. 第一山
36. 熱帶叢林
37. 蚊子谷

《鼠民公報》大樓

1. 正門

2. 印刷部（印刷圖書和報紙的地方）

3. 會計部

4. 編輯部（編輯、美術設計和繪圖人員工作的地方）

5. 謝利連摩‧史提頓的辦公室

6. 直升機坪

老鼠記者

1. 預言鼠的神祕手稿
在鼠蘭克福書展上，正當著名出版商謝利連摩滿以為即將成功奪得出版權時，神秘手稿卻不見了！

2. 古堡鬼鼠
謝利連摩的表弟賴皮為了尋找身世之謎，不惜冒險來到陰森恐怖的鼠托夫古堡。出名膽小如鼠的謝利連摩也被迫跟着去了。

3. 神勇鼠智鬥海盜貓
謝利連摩、菲、賴皮和班哲文被海盜貓捉住了，他們能死裏逃生嗎？

4. 我為鼠狂
謝利連摩為了夢中情人，拜訪神秘的女術士，路上他最害怕的探險之旅，還發現了世界第八大奇蹟……

5. 蒙娜麗鼠事件
《蒙娜麗鼠》名畫背後竟然隱藏着另一幅畫！畫中更藏着妙鼠城的大秘密！謝利連摩走遍妙鼠城，能否把謎底揭開呢？

6. 綠寶石眼之謎
謝利連摩的妹妹菲得到了一張標有「綠寶石眼」埋藏位置的藏寶圖。謝利連摩、菲、賴皮和班哲文駕着「幸運淑女」號出發尋寶了。

7. 鼠膽神威
謝利連摩被迫參加「鼠膽神威」求生訓練課程，嚴厲的導師要他和其他四隻老鼠學員在熱帶叢林裏接受不同的挑戰呢！

8. 猛鬼貓城堡
肯尼貓貴族的城堡內竟然出現老鼠骷髏骨、斷爪貓鬼魂、木乃伊、女巫和吸血鬼……難道這個城堡真的那麼猛鬼嗎？

9. 地鐵幽靈貓
妙鼠城地鐵站被幽靈貓襲擊，全城萬分驚恐！地鐵隧道內有貓爪印、濃縮貓尿……這一切能證實有幽靈貓嗎？

10. 喜瑪拉雅山雪怪
謝利連摩接到發明家伏特教授的求救電話後，馬上拉攏菲、賴皮和班哲文去喜瑪拉雅山營救他。

11. 奪面雙鼠
謝利連摩被冒充了！那隻鼠大膽到把《鼠民公報》也賣掉了。班哲文想出了奇謀妙計，迫賴皮男扮女裝去對付幕後主謀。

12. 乳酪金字塔的魔咒
乳酪金字塔為什麼會發出噁心的氣味？埃及文化專家飛沫鼠教授在金字塔內暈倒了，難道傳說中的金字塔魔咒應驗了？

13. 雪地狂野之旅
謝利連摩被迫要到氣溫達零下40度的鼠基斯坦去旅行！他要與言語不通的當地鼠溝通，也要坐當地鼠駕駛的瘋狂雪橇。

14. 奪寶奇鼠
沉沒了的「金皮號」大帆船裏藏有13顆大鑽石，謝利連摩一家要出海尋寶啦！麗萍姑媽竟然可找到意想不到的寶物啊！

15. 逢凶化吉的假期
謝利連摩竟然參加旅行團到波多貓各旅行！可是這次旅行，一切都貨不對辦！他更要玩一連串的刺激活動呢！

16. 老鼠也瘋狂
謝利連摩聘請了畢粉紅為助理後，瘋狂的事情接連發生，連一向喜歡傳統品味的他，也在衣着上大變身呢！難道他瘋了嗎？

17. 開心鼠歡樂假期
《小題大作！》附送的遊戲特刊很具創意啊！謝利連摩的假期，就是和畢粉紅整隊童軍鼠擠在破爛鼠酒店裏玩特刊介紹的遊戲！

18. 吝嗇鼠城堡
吝嗇鼠城堡的堡主守財鼠，邀請了一大堆親戚來到城堡參加他的兒子荷包鼠的婚禮！堡主待客之道就是「節儉」！

19. 瘋鼠大挑戰
膽小的謝利連摩被迫參加瘋鼠大挑戰，在高速飛奔中完成驚險特技。誰也想不到，最後的冠軍竟然是……

20. 黑暗鼠家族的秘密
謝利連摩去拜訪骷髏頭城堡裏的黑暗鼠家族，在那裏遇上一連串靈異事件。最終，他竟然發現這個家族最隱蔽的秘密……

親愛的鼠迷朋友，

　　　　下次再見！

謝利連摩・史提頓

Geronimo Stilton